Exemplaire de Barre

VENTE

Du Mardi 16 Février 1875

HOTEL DROUOT, SALLE N° 8

OBJETS D'ART

ET

D'AMEUBLEMENT

BELLES TAPISSERIES

TABLEAUX

APPARTENANT EN PARTIE

A M. LE MARQUIS DE V***

EXPOSITIONS

PARTICULIÈRE	PUBLIQUE
Le Dimanche 14 Février 1875	Le Lundi 15 Février 1875

COMMISSAIRE-PRISEUR	EXPERT
CHARLES OUDART	**M. ÉMILE BARRE**

IMPRIMERIE J. CLAYE

RUE SAINT-BENOIT 7

PARIS

CATALOGUE

DE TRÈS-BEAUX

OBJETS D'ART

ET

D'AMEUBLEMENT

APPARTENANT EN PARTIE

A M. LE MARQUIS DE V***

RICHE AMEUBLEMENT DE CHAMBRE A COUCHER
époque Louis XVI, en bois sculpté et peint, avec Tenture en ancienne soierie
MEUBLE DE SALON EN ANCIENNE TAPISSERIE D'AUBUSSON
à figures, composé de
deux Canapés et quatorze Fauteuils en bois doré
SIX MAGNIFIQUES TAPISSERIES DE BEAUVAIS
époque Louis XIV, sujets mythologiques
DEUX GRANDS CANDÉLABRES A SIX LUMIÈRES
formés par des figures d'enfant en marbre, grandeur nature
Quatre charmants Groupes d'enfants en marbre
représentant LES SAISONS
Bustes, Statuettes et Groupes en marbre, terre cuite et bronze
Meubles en bois sculpté de la Renaissance
Bureaux et Tables en écaille et marqueterie de bois, ornés de bronze
Commodes Louis XIV et Louis XVI — Vitrines
Belle Pendule à vase en bronze doré avec Candélabres à cinq lumières
Appliques, Flambeaux et Chenets, des époques Louis XV et Louis XVI
Porcelaines et Faïences françaises
Tableaux anciens et modernes — Objets divers

DONT LA VENTE AURA LIEU

HOTEL DROUOT, SALLE N° 8

AU PREMIER ÉTAGE

Le Mardi 16 Février 1875

A DEUX HEURES

PAR LE MINISTÈRE DE **Me Charles OUDART**, COMMISSAIRE-PRISEUR
31, rue Le Peletier

ASSISTÉ DE **M. Émile BARRE**, EXPERT
20, rue de la Chaussée-d'Antin

Chez lesquels se distribue le présent Catalogue

EXPOSITIONS

PARTICULIÈRE	PUBLIQUE
Le Dimanche 14 Février 1875	Le Lundi 15 Février 1875

CONDITIONS DE LA VENTE

Elle sera faite au comptant.

Les acquéreurs payeront *cinq centimes par franc,* en sus des enchères, applicables aux frais.

L'Exposition mettant les Adjudicataires à même de se rendre compte de l'état et de la nature des objets, il ne sera admis aucune réclamation une fois l'adjudication prononcée.

DÉSIGNATION

MEUBLES

DES XVIᵉ, XVIIᵉ ET XVIIIᵉ SIÈCLES

Bel ameublement de chambre à coucher, époque *Louis XVI,*
en bois sculpté et peint avec médaillons de figures et
ornements de fleurs et fruits, dont détail suit :

1. — Charmant Lit à colonnettes orné de médaillons d'oi-
     seaux, figures et fleurs, et garni de ses lambrequins
     en ancienne soierie.

2. — Belle Glace avec fronton richement orné de figures et
     d'attributs sculptés et peints.

3. — Console à vase de fleurs avec dessus en beau marbre
     brocatelle.

4. — Canapé, six Fauteuils et deux Bergères à dossier
     sculpté, couverts en ancienne soierie à médaillons.

5. — Cent mètres de tenture, ancienne soierie à médaillons
     de bouquets et d'attributs, rideaux, ombrasses, etc.

6. — Grand Ameublement de salon *Louis XVI* en bois
doré, couvert en ancienne tapisserie d'Aubusson à
figures, composé de deux Canapés et quatorze
Fauteuils en bon état de conservation.

7. — Jolie Console *Louis XVI* en bois sculpté à jour et doré
avec dessus de marbre.

8. — Autre Console *Louis XV* également en bois sculpté et
doré avec marbre.

9. — Belle Table de milieu en noyer marqueté de nacre et
de cuivre; le milieu orné d'un vase de fleurs.

10. — Beau Meuble crédence à colonnes et fronton de même
travail de marqueterie.

11. — Six Chaises à lyre *Louis XVI* en bois sculpté et doré,
couvertes en soie ancienne.

12. — Quatre beaux Fauteuils *Louis XIV* en noyer, couverts
en tapisserie au point avec médaillons de figures de
la plus grande finesse.

13. — Table en marqueterie d'écaille et bois à fleurs.

14. — Grand et beau Bureau *Louis XIV* en écaille marquetée
de cuivre et orné de bronze doré avec couronne.

15. — Très-joli Secrétaire *Louis XVI* en bois de rose marqueté et orné de bronze doré.

16. — Beau Bureau à cylindre *Louis XVI* de Jacob, en acajou orné de marqueterie d'étain et de cuivre.

17. — Grande et belle Armoire *Louis XVI* en acajou plein sculpté, avec riche armature en fer à l'intérieur.

18. — Meuble cabinet dit Contador, époque *Louis XIII,* en marqueterie de bois et orné de cuivre à jour.

19. — Meuble à deux corps, sculpté, avec riche fronton à figures, les pieds formés par des chimères, travail de l'époque de *Henri IV.*

20. — Autre Meuble du xvi⁰ siècle en noyer sculpté avec fronton.

21. — Belle Commode *Louis XIV* en bois des îles avec riche ornementation de bronze.

22. — Commode *Louis XVI* en bois de rose avec bouquet de fleurs en marqueterie et quadrillé, ornements en bronze doré.

23. — Bureau *Louis XIII* en marqueterie de bois à fleurs, avec tiroirs ornés de bronze.

BRONZES D'AMEUBLEMENT

24. — Grande et belle Pendule à balustres avec dessus formé par un vase de fleurs entièrement en bronze doré et à cadran émaillé dans le style *Louis XVI*.

25. — Deux beaux Candélabres, forme vase, à cinq lumières, également en bronze doré dans le même style.

26. — Belle paire d'Appliques à trois lumières en bronze doré, style *Louis XV*.

27. — Autre belle paire également à trois lumières, de même style.

28. — Très-beaux Chenets *Louis XVI* à vase et guirlandes de fleurs en bronze doré.

29. — Autre paire de Chenets *Louis XV* à ornements en bronze doré.

30. — Jolie petite Pendule *Louis XVI*, en marbre blanc et bronze doré, sujet de l'Astronomie.

31. — Deux Candélabres *Louis XVI* à trois lumières, en bronze doré, formés par des vases en marbre avec lys.

32. — Beau Cartel *Louis XV* en bronze doré, orné d'une figurine de femme dans le fronton et d'une chimère.

PORCELAINES, FAÏENCES

OBJETS DIVERS

62. — Deux jolis Vases à jour en vieux japon, montés en bronze.

63. — Deux petits Cornets à ressauts en vieux chine.

64. — Deux Vases en cloisonné, forme bouteille.

65. — Deux autres beaux Vases en émail cloisonné de la Chine, montés en candélabres à quatre lumières.

66-67. — Deux petites Assiettes en ancienne faïence de Castelli avec bas-relief en terre cuite dans l'ombilic.

68. — Petite Coupe en faïence de même fabrique.

69-70. — Deux Plaques en faïence de Castelli, sujets pastoraux.

71. — Plat en faïence d'Urbino, du XVIe siècle; décor à fresques.

72-75. — Quatre Plaques en porcelaine de Chine.

76. — Plat en delft, décor de couleur.

77. — Grand Plat en rouen, décor bleu.

78. — Grand Plat en rouen, décor bleu.

79. — Bannette en rouen, décor chinois.

80. — Soupière en faïence de Marseille, décor de poissons.

81. — Assiette en rouen, décor au carquois.

82. — Grand Plat ovale en rouen, décor à la double corne.

83. — Plat creux en moustiers, décor à médaillon représentant *Joseph et Putiphar*.

84. — Plat creux en faïence de Nevers, décor à médaillon représentant *Diane aux Bains*.

85. — Assiette en rouen, décor à lambrequin et corbeille.

86. — Assiette en marseille, décor de *Robert,* d'après Vernet.

87. — Assiette même fabrique et même décor.

88-89. — Deux Assiettes en rouen, décor bleu.

90. — Deux jolies Bouteilles en japon, en ancien bleu lapis, monture en bronze.

91. — Deux petits Seaux en marseille, décor de fleurs.

92. — Beau Vase *Louis XVI,* en spath fluor.

93. — Christ en ivoire, époque *Louis XVI,* dans sa bordure en bois sculpté.

94. — Grande Fontaine d'applique à pans coupés, en faïence de Moustiers, à deux robinets.

95. — Plat en faïence de Perse.

96. — Fontaine en cuivre repoussé avec médaillon.

97. — Grand Plat en fer, représentant le *Combat des Amazones,* d'après le Plat en argent du Musée de Berlin.

TABLEAUX

TESSON

98. — La Marchande de légumes.

PALIZZI

99. — La Gardeuse de chèvres.

BALLUE

100. — La Mosquée.

DECAMPS

101. — Marché d'animaux.

JADIN

102. — Nature morte; aquarelle.

DEVEDEUX

103. — Femme en costume oriental tenant une corbeille de fleurs.

GREUZE (*d'après*)

104. — Jeune Fille mettant une couronne de fleurs à un chien placé sur ses genoux.

VAN LOO

105. — Portrait du prince de Carignan.

LEPRINCE (*d'après*)

106. — La Partie de musique.

BESSON (Faustin)

107. — Scènes de la Saint-Barthélemy.

BEAUMONT (Éd. de)

108. — La Lettre.

JANDELLE

109. — Madeleine au désert.

GUILLAUMET

110. — Vue d'Orient.

SCHNEIDER

111. — Paysage normand.

SERRES (Aimé)

112. — Fleurs.

GRANDVILLE

113. — L'Apothéose de Victor Hugo; dessin.

LESSOR

114. — Guerrier au repos; aquarelle.

GRANDVILLE

115. — L'Enterrement de la Liberté; dessin.

PARIS. — J. CLAYE, IMPRIMEUR 7, RUE SAINT-BENOIT. — 303

candelabre 340
fontaine marbre 230
26
340
360

RED. :

21

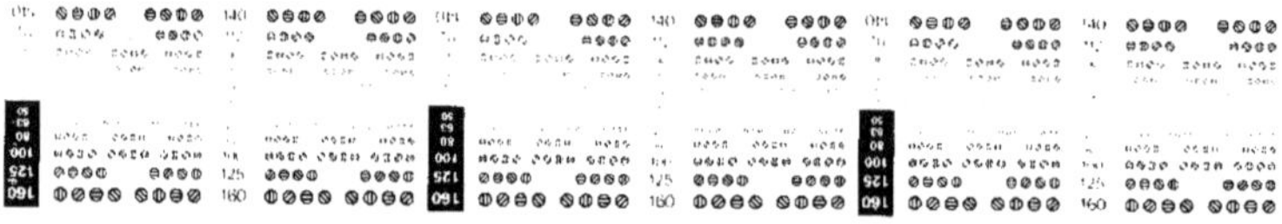

graphicom